詩集

春の雨音

矢城道子

コールサック社

詩集

春の雨音

目次

Ⅰ章　風を生む種を

Ⅱ章　砂時計が返されて

Ⅲ章　祈り

Ⅳ章　「書くという喜び」

詩集

春の雨音

矢城　道子

序詩

春の雨音

春の雨には
音がある
春の雨だけにしかない
音がある
青葉にパタパタ落ちる
音がある

春の雨は
のんびりしている
地面をしっとり潤わせるだけの

大らかさがある

若葉も
れんげも
たんぽぽも
みんな春の雨を
受けとめている
私も一緒に
受けとめている

Ⅰ章　風を生む種を

初めて地上に降り立ったもののように

初めて地上に降り立ったもののように
私は歩いた
いつもの道を
咲き乱れる
レンギョウやユキヤナギを
いとおしいと思った
藪には一面に
イバラの花が咲いていて
ウグイスのひと声に
不意を突かれた

ああこのために
病は私にやってきたのだと思った
やみくもに突進するばかりになっていた
私を立ち止まらせるために

急流から小川のせせらぎへ
多少の傷は
いたしかたない

初めて地上に降り立ったもののように
私は歩いた
いつもの道を
押し黙った木々の枝から吹き出す新芽の
そのざわめきの中で
大きく深呼吸した

荷物が増え
抱えきれなくなったら
それを手放せばよいのだ
花や葉が散るように
そこからまた
新たな芽が生じてくるに違いない

はじめて地上に降り立ったもののように
私は歩いた
いつもの道を
胸の奥がいっぱいになって
ひとひらの詩が生まれた

春に生まれたような

私は八月に生まれた
少なくとも両親はそう言う
しかし私は
春に生まれたような気がする
暖かな日差しを浴びながら
虫たちが蠢《うごめ》くように
花たちが一斉に開きだすように
私も生まれたのだと思う
なぜって…
こんなに嬉しいから
こんなに気持ちいいから

風を生む種を

私が誰のものでもなく
私が私のものでもなくなる一瞬《とき》
風が通り抜けてゆく
誰のものでもない風が
記憶の中を通り抜けてきた風が
肉体はそれを
生きるためだけに吸い込み
そして吐き出す
それだけで十分なのに
それだけで十分なのに
縦横無尽に張り巡らされた

人々の感情は
その風を遮るであろう
風の澱みは腐敗を呼び起こすかもしれない

私たちは種を蒔かねば
感情の壁をも難なくすり抜けられる
風を生む種を
新緑をゆらし
花々を酔わせてやまない
風を生む種を

三月

春なのに寒い
春の光が見えるのに
昨日春の雨が降ったのに
空の色が春なのに
なのに寒い
春は名のみで過ぎてゆく

心の故郷は
悲しみに埋もれているのだろうか
喜びに埋もれているのだろうか

桜の花びらに埋もれるのは
喜びだろうか
悲しみだろうか

整然としたものより
不規則なものを
底抜けの明るさよりも
適度な空しさを好む
自分の心の故郷を思ってみる
三月

春

春になると
体内に収まりきれなくなった感情が
一気に飛び出してきて
大気中に充満するのです

感情の乱れの中
モンシロチョウは
真っ直ぐ飛べなくて
ゆらゆら　ゆらゆら

それまで抑えつけられていた感情は

美しいものに憧れて
桜の花びらと花びら
おしべとめしべの間に隠れて
花の寿命を縮めます

ほどよい風が吹こうものなら
感情たちは
思いっきり自由に
空が飛べるのです
白いベールをかぶって
光の精と戯れながら

私などは
いやに軽くなってしまって
良きも悪しきも

ありとあらゆる感情を
蓄え始めているのです
この次の春まで

白木蓮

ハクモクレンの咲いたかと思いきや
あれよあれよという間に散っていく
そんなにいそがなくてもいいのに
そんなにいそがなくてもいいのに
そんなにいそがなくても

かといって
口をつぐんだままでいられても
固まって動かずにいられても
それはそれで
困ってしまう

ハクモクレンの咲いたかと思いきや
あれよあれよという間に散っていく
そんなにいそがなくてもいいのに
そんなにいそがなくてもいいのに
そんなにいそがなくても

咲いたからには
散らねばならない

咲いたから
散れるのだ

咲いたから
散りたいのだ

ハクモクレンの咲いたかと思いきや
あれよあれよという間に散っていく
春彼岸

桜の下で

自然と涙込み上げてくる悲しみがあり
自然と涙込み上げてくる喜びがある
ふたつがぶつかり合うと
うまい具合に溶け合って
空しさと慈愛をこめた
奇妙な微笑みが出来上がる

ふたつに翻弄されながら
私の心は
前進しているのか
後退しているのか

また桜の季節がやってきた
薄桃色の桜が
有無を言わせず
私の顔を覆っている

創

ホトトギスの初鳴きから一週間
枇杷の実が色づき始める
夕べの雨
張り出した木々の枝は
各々の葉を茂らせ
雑木林は満足している

よくもここまで
いろいろな葉をこしらえたものだと
葉というものの中にさえ
無限の色や形を生み出さずにはおれなかった

創造主に感服する
つくり主に似てしまったのだろうか
次から次へと
人も創造せずにはおれないようだ
自らつくったものによって
その身を滅ぼすやもしれぬ人類を
創造主は悔いているのだろうか
いや
手のかかるどうしようもない子ほど
愛おしいのかもしれない
芸術はその証だ

よきもあしきも
いっしょくたにしてまわる地球よ
無限のパーツでできた

球体の万華鏡
その中にあって
ビーズのごとき小さな文字をつないで
詩を編む私

こうかい

ああしとけばよかった
こうしとけばよかったと
小さなこうかいがふえていく
きっと
ああしといても
こうしといても
こうかいしているのだろう
人は執拗に
こうかいしたがっているようだ
新たなこうかいが生まれると

それまでのこうかいはなりをひそめ
いつしか消えていく
一度にたくさんのこうかいは
むずかしいのだろう

かつてこうかいして
眠れなくなったことがある
食事ものどを通らなかった
こうかいに
こころを占領されてしまったのだ
おかげで
深入りしない術が身についたような気もする
こうかいはほどほどに限る

すぎたことはすぎたこと

さらりと言い放って
颯爽と駈け出せたら
どんなにいいだろう
五月の風のように

ドクダミの花

頑なに閉じていた蕾が開いていく
つぐんでいた口を
いつの間にか開けているのだ
かといって饒舌《じょうぜつ》になったわけでもなく
一つのことばを
ぎゅっと握りしめたままだ
ことばは決して音になることなく
花びらの白の
その奥底にある
姿見たさに目を凝らせば
白はますます白として近づき

にぎりしめたことばは
にぎりしめられたまま

花や葉が色あせ姿をなくしても
ことばは残り
次の五月を待つであろう
その確かさがために
かたくなで不器用で
しぶといことば
目を凝らしても凝らしても
見えるのは
ドクダミの花

紫陽花

雨に濡れ
よろこんでいる紫陽花を切るのは忍びなかった
ためらったあと家の中へ
けれどまた立っていた
色づき始めた花のもと
ストローのような茎に
鋏を入れる
ぱちんと音がして
それは大地から解かれ
器の中へ

六月の雨の朝
私は一本の紫陽花に
鋏を入れた
やがてやって来る
ひとりの友のために

がまがえる

がまがえるを思い出す
雨の降り続く梅雨
一人っきりで見た
がまがえるを思い出す
がまがえるを見るためにそこへ行ったわけではなかった
自分を正当化できる
確かなものを探し求めていた
結局何も見つからず
今思い出すのは
雨の中のがまがえる

このじめじめした
うっとおしい梅雨に
懐かしさを覚えるのは
あのがまがえるのおかげなのだろう

六月の雨

むし暑さの後
雨が降り始める
苗代に広がる雫の環
色づき始めた紫陽花の歓び
盛りあがった木々の葉は静まり返って
雨に身をまかせるつもりらしい
遠くで時鳥《ホトトギス》が鳴いている
このまま梅雨に入っていくのだろうか
姫女苑《ヒメジョオン》や立葵《タチアオイ》が
時を告げている

私は詩らしきものを紡いでいる
紡ぎながら
言葉があるということに驚いている
すべてのものに
名前があるということに驚いている
言葉があるから紡げるのだ
名前があるから紡げるのだ

もしも言葉がなかったら
すべてのものに名まえがなかったら
わたしはどうしているのだろう

込み上げてくるものたちに耐えかねて
そこらじゅうの草むらを
のたうちまわっているのだろうか

空を見上げ咆哮しているのだろうか
それとも
花束を手に踊っているのだろうか
六月の雨につつまれて

せみ

夜更けに目が覚める
暗がりによろよろと歩きだしながら
朦朧とした頭の中に
自分という不可思議が
やけに冴える
これはいったいなんなのだ
不可思議は歩きだし
再び布団の中へ
うずくまって目を閉じたとき
今という大きな木に
いやおうなしにしがみつく
一匹のせみになっていた

球根

草ぼうぼうの花壇を
野菜畑に変えようとしたとき
たくさんの球根が出てきた
なんの球根だかわからないまま
まとめてひとところに埋めておいた
名づけて球根の墓場

春
スイセンの花が咲いた
その葉は刈り取られ
今は夏

グラジオラスが輝いている

順番順番と言っているようだ
墓場どころではない
強いのだ
ものすごいのだ
底力があるのだ
すばらしいのだ
グラジオラスにびっくりした私は
少しだけ嬉しくなる

彼岸花

咲いているのではなく
燃えているのだ
蓄えていたエネルギーを
燃やしているのだ
後の姿など知ったことじゃない
エネルギーがあるから
燃えるのだ
燃えなければならない時に
燃えつくすのだ

銀杏

生前祖父が植えていた銀杏の木が大きくなって
地面を覆い尽くすほどの実が落ちて来た
その木は五歳の頃まで住んでいた家の跡地にあり
下草をかき分けその実を拾っていると
壊された家に使われていたであろう
タイルの欠片など出てきて
かすかな記憶がよみがえる
故郷を出て三十年以上の時が過ぎていた

私の中に息づくたくさんの先祖たちが
小さな田んぼや畑を耕しながら

苦心して生活してきたであろう地に
大きく根を張る銀杏の木
黄金色に輝く木から降ってきた
あどけない実の一粒一粒を愛おしいと思った
私はその実をざるに入れ
よく揉みほぐした後山間の小さな川に委ねる
透きとおった水の流れに
銀杏のふやけた表皮はどんどん吸い込まれ
きれいさっぱり白い核が残った

大切なものを頑なに秘めた確固たる核

そんな核が私にもあるのだろうか
人類という大きな木から降ってきた一粒ならば
持っているに違いない

ふやけた表皮は自分の手で剝ぎ取っていくしかないのだ
時の流れの中で

ひょっとするとこの地球も
途方もなく大きな木から降ってきた実なのかもしれない
ふやけた表皮が膨らんで喘いでいるような気もする
私たちがふやけた表皮になってしまってはもともこもない
互いに確固たる核であらねば

それにしても
宇宙という広大な土地に木を植えたのは誰なのだろう

青

その軽快なさえずりを
私の耳は覚えていて
遠くからでも一目瞭然

翡翠《カワセミ》の青は
私の眼から心を射抜き
欲すれど欲すれど
到達することのできない
遥か彼方の青となる

いつの日かそこへたどり着き

その青に触れてみたい

とてつもなく遠い道すがら
翡翠の青が
張りつめた初冬の川面を
突き破った

春への思い

チューリップの球根を植えた
花が咲くのは春だから
花壇の彩に紫色のビオラを追加
花と花との間に球根が息づいているのを
知っているのは私だけ
大地に抱かれ
光と水を浴びながら
今まさに動き出そうとしている

垣根に沿ってムギナデシコの種を蒔いた
春先たおやかに揺れるであろう

その花びらを目に浮かべながら

冬を前に
春への思いを大地に託す
その瞬間が好きだ

「もし、明日が世界の終わりだとしても、
私は今日リンゴの木を植える」
マルティン・ルターの言葉が
心に過ぎる

どんなに停滞していても
種だけは蒔いておこう
希望の欠片をしっかりと握りしめ

蒔いてさえいれば
いつか花は咲くだろう
蒔かなければ
咲きようがない

他者とのふれあい無しに
花を咲かせられないのは
人間も同じ

私たちは
種をまく身でありながら
さながら
地上に蒔かれた種のようだ

Ⅱ章　砂時計が返されて

いったいぜんたい

いったいぜんたい
理解できているのだろうか
今この時が一度きりだということが
かくいう私が
理解できていないことだけは確かだ

この世界には
その重大なことを
いとも簡単に忘れさせてくれる
魔法がかけられているにちがいない

もしもココロが

もしもココロが
コトバでできているのなら
ひとつのコトバで
カチコチになっているより
いろんなコトバが
踊っているほうがいい
コトバドウシガウデクンデ
出入自由ならば
もっといい

他人を非難しているようなときは

他人を非難しているようなときは
よくよく注意しなければならない
それは
自分の落ち度を
見逃している時
それを隠ぺいするための
無意識の抵抗
他人を非難しているようなときは
自分を
疑わなければいけない
自分を

精査して見るに限る

「ありがとう」
「ごめんなさい」
たった一言で
まるく治まるものを
どうして
とがった言葉ばかり
並べ立てているのだろう

詩を待っている

わたしは詩を待っている
来る日も来る日も待っている
四六時中待っている
新しい詩が何処からかやって来て
さり気なくとまってくれるのを待っている
待っていることを忘れそうになりながら
なおも待っている
それはとびきり古い詩かもしれない
古くて新しい
新しくて古い詩を
私は待っている

精巧で奇妙な肢体を
せかせかと動かしながら
あるいは
ぐったりと休ませながら
夢の中でも待っている
目覚めたての鳥たちの聲
耳をつんざく蟬時雨の中
咲き乱れ散っていく花たちのもと
わたしはひたすら詩を待っている
いつ来るともしれない詩を待っている
雑然とした部屋の
見慣れた道具や器のそばに
すでに置かれているかもしれない
詩を待っている
待ちくたびれたりはしない

信じているから
待っている時間
それが私だ

いつか最後に目を閉じる瞬間《とき》
ひとひらの詩が私にとまったら
私はその詩に包まれて
一気に宙を駆け巡り
詩を待っている
誰かのもとへとまるだろう

何気ないひとこと

ひとりの人を
勇気づけている言葉がある
勇気づけている素振りなど
みじんも見せず
その人にそっと寄り添っている
はた目には決してわからない
相手を励まそうと
考え抜いた言葉ではなく
ごくありふれた
何気ないひとこと
言葉を発した本人は

とうの昔に忘れていて
だれかを励ましていることなど
知るよしもない

何気ないひとことを
ことあるごとに引き出して
人は生きてゆく
そのひとことがあるから
生きてゆけるのだ
発した本人がいなくなっても
そのひとことは心に宿り
何気ないひとこととなって
伝わっていく

あの人が発した

何気ないひとことが
今でも私を
温めている

心に蠢くものがある限り

これといった才能もなく
普通という殻に入ったままになりそうで
それでいて
時として志が燃えてきて
それでいて
何もできなくて
小さな小さな人間私
けれど軽蔑したくない
心の奥底に
蠢くものがある限り
第三者に対する慈愛

それを私の中の私にも注ごう

ちっぽけなものは限りなく
偉大なるものは
少なすぎるではないか
もっとも偉大なるものを
子らの中に見出し
少しずつ
つまみ食いする日々

心の奥底に
蠢くものがある限り
どんなにちっぽけでも
軽蔑したくない
心は凛々と鳴らしていたい

私の中の私を知る者は
私だけ
私が信じてあげなくて
誰が信じてくれるというのか
心はいつも
凛々と鳴らしていたい

私を駆り立てるもののあり

そこに
何があるというのだろう

なにが
そこまで
私を駆り立てるのだろう

わからないまま
向かっている
わからないから
急ぐのか

それを
知りたいわけでもない
ただ
私を駆り立てるもののあり
吸い寄せられていく

ひょっとすると
何もないのかもしれない
たどり着いたとき
何か
生じるのだろうか
私を駆り立てるもののあり
私はいつの間にか

そこを目指している
私を駆り立てるものの力
私はそれを
信じている

言の葉なり

ひとしずくのごと
一文字の紙にとまれば
連なりくる文字のあり
言葉生まれ流れ出す
新たな水脈の
たどたどしくも
流れ出す
行き着くところ知らず
流れ出す

たどたどしさに

身をゆだね
まだ見ぬ場所に
たどり着くとき
我もまた
一片の言の葉となる
水面に浮かび流れつつ
なお連なる一文字を
欲してやまぬ
一片の言の葉なり
行き着くところ知らぬ
言の葉なり

大海を望まず
ただ流れんことのみ欲する
言の葉なり

さがしもの

さがしものをさがしていて
さがしものは見つからず
思いがけないものにでくわす
それはずいぶん前にさがしたけど見つからなかったもの
さがせばさがすほどそのものは見つからず
なくしたことすら忘れていたものがでてきてはっとする
忘れられたもののために
さがしものはさがしものになってくれたのだろうか

なくしてみないとわからないことがある
なくさないとわからないのだ

なにもかも

さがしものは
自分がどれだけ大切なものか
知ってもらいたくて
さがしものになったのかもしれない
ほんとうに出会いたいがために
息をひそめてじっとまっているのだ
時が熟すのを

さがすことに執着することなかれ
目に見えないからといって
うろたえるな
そのものと内側で呼応する
貴重なときを得たのだ

さがしものはきっと出てくる
思いがけない場所で
思いがけない時に
さがしものはもう一度出会いたくて
さがしものになるのだから
さがしものに
まかせておけばいいのだ

入り口

目に見えているものはみな
入り口に過ぎなかった
何もかも
入り口に過ぎなかったのだ

気まぐれな言葉が
紙にとまって
詩になったからとて
それも入り口に過ぎない
言葉の奥に広がる
無限の世界

そこに入るための
入り口に過ぎなかったのだ

本当のことは
その奥の
そのまた奥にある
幾重にも重なった
バラの花びらのように

入り口は開かれているのに
見えるものに遮られ
容易には入れない
そこへ入るということは
小さな星から飛び出し
はてしない宇宙を

かけ巡るような冒険でもあり
心の奥底にある
光る石を
拾い上げるような
微細なときめきでもある

砂時計が返されて

砂時計が返されて
また朝が来た
昨日はどこへ行ってしまったのだろう
跡形もなく消えている

一度きりの時が
さらさらとこぼれてゆく

さらさらさらさら
さらさらさらさら

記さなければ
何も残らない
消えてしまって
それっきり

さらさらさらさら
さらさらさらさら

日記を書く人あり
日記を書くように
絵を描く人あり
詠う人あり
木を彫る人あり
土捏《こ》ねる人あり
鉄打つひとあり

はた織る人あり
はた織るように
詩を書く人あり
みんな残したいのだ
こぼれゆく今を
自分を刻みたいのだ

この世はまるで
生きた証を
残そうとするものたちの
実験現場のようだ

砂時計の横で
木の葉が色づき
舞っている

春夏秋冬
昼と夜
光と影を纏《まと》いながら
回る地球は
巨大な実験台

私たちは実験をくり返しながら
常に
実験され続けている

小さな窓

私は今という時に穿《うが》たれた
小さな窓
背後に連なる
生命《いのち》の波
その突端に穿たれた
窓に過ぎない
私の役目は
窓を開けること
ただ開けることだけ
中で息づくものたちが
深呼吸できるように

どんな時でも
窓を開けておかねばならない

後は任せておけばよいのだ
かつて窓だったものたちが教えてくれるだろう
次の一歩を
そのものたちが自由に羽ばたけるように
窓を開けておきさえすればよいのだ

幾多の喜びと悲しみ
血と汗と涙
後悔と祈り
緻密な記憶が
私を動かしてくれるであろう

すぼめた口から流れ出す口笛のように
そこに吹く風が
清らかであって欲しいから
できるだけ小さな窓でいよう
私は開かれた小さな窓
彼方に二重の虹を予感している

Ⅲ章　祈り

祈り

生きよ生きよと言っているのは
誰なのだろう
生きよ生きよと言いながら
試練ばかり投げかけてくるのは
いったい誰なのだろう

数え切れない屍《しかばね》の眠る大地に
月はのぼり
果たされなかった夢や願いが
絶え間ない祈りにつつまれてある

ふと…

人間であることが
めんどうくさくなったら
どこへ行ったらいいのかなあ
と考える
死が私にとって
ものすごく遠いものだから
ふと考える
死とは
宇宙に似ているのだろうか

固執するようなものは何もない

固執するようなものは何もない
今も昔も
そうして時が経っている
大自然の中
銀杏の葉が散るごとき
私の生と死
時が経っている
今も昔も
固執するようなものは何もない

雪んこ　おせき

おせきは
新潟の昔ばなしん中に出てくる
七つの子だ
雪深い山ん中で
ぐったりしてたども
爺さに助けられて
元気になった

子のねえ爺さと婆さ
「おせき　おせき」って
そりゃあかわいがって育てた

おせきもくりくりと
よおく働いた

そんだろも陽がさして
軒端のカネッコリから
ぽっつぽっつ
雫のたれるよな日になると
おせきは元気がねえんだと
爺さと婆さ心配して
おせき喜ばせたくて
「町さ行ってうめえもん買うてこうかや
春のべべ買うてこうかや」って言ったども
おせきは
いらねえって言うんだと
田の畔《くろ》に

ちくん　ちくんって
蕗んとうが芽え覚ますよな
雨のふる朝げ
おせきはとうとう
死んでしもうた

おせきが着ていた着物
ぺたーんとして
びしょーっと濡れてたって

このはなし語るとき
どうしても涙流れてくるんだ
「まだ生きていてえ」っていう声
聴こえてくるんだもの
けどこのはなし語るたんびに

おせきは
蘇ってるのかもしれねえ

＊カネッコリ＝つらら
＊参考：野村敬子編『中野ミツさんの昔語り』（瑞木書房）

宙《そら》を翔ける

宙を翔けながら
青い球体に引き込まれた僕
父さんがいて
母さんがいて
兄さんがいて
僕は翔二朗と呼ばれた
母さんの声は優しくて
いつだって子守歌のようだった
父さんはいつも
僕と対等に話をしてくれた
音楽について

自然について
言葉について
父さんと話をしていると
宇宙を翔け巡っているようだった
僕は大好きな兄さんの後を
追いかけながら
ことばを覚え
チェロを弾いた
そして
たくさんの友と出逢った

あなたが母さんでいてくれてよかった
あなたが父さんでいてくれてよかった
ありがとう

僕はまた翔けようと思います
縦横無尽に
果てしない宇宙を
理由などありません
それが僕だからです

手持ちの種は
精一杯蒔きました
かなり慌ててしまいましたが
すべて蒔き終わりました
土壌は果てしなく広がり
すでに芽が出始めているようです
必ずまた会いに来ます

二〇一六年、十九歳で夭折した翔二朗君の
お父さまお母さまへ

三星

一枚の絵を見て
いつかこんな詩を書いてみたい
と強く思ったことがある
関根正二の「三星」
二十歳の若さでこの世を去った
画家のたどり着いた大いなる高みに
自分も触れてみたいと思った
画布いっぱいに描かれた
三人の人
上気した頬で
じっとこちらを見ていた

はるか彼方
神聖な場所からの視線は
今でも私の心に注がれている
天空に瞬く
三つ星のようだ

私はようやくわかってきた
詩は文字で描かれた絵
絵はえのぐで描かれた詩であることが

悲しみはどこにでも転がっていて

悲しみはどこにでも転がっていて
拾い上げたらきりがない
石ころを拾い上げても喜ばないように
悲しみを拾い上げて
いちいち泣いていたのではきりがない
切りがないとは言いながら
ふとした拍子に
ため込んでいた涙がどっと吹き出す
悲しみはどこにでも転がっていて
人々は悲しみをふやすことに

一生懸命

悲しみがいっぱいになり過ぎて
ノートに吐き出す
この瞬間にも
知らないどこかで
生と死が繰り返されているのだろう

手

（友人の母の手によせて）

モルヒネの海をさ迷いながら
母の手は
巧みに操られていた
病室のベッドの上
母の手は
それはこまめに動いた
明らかに
料理する手さばき
夫のため　子らのため
一日たりとも欠かしたことのなかった軌跡

手は記憶していたのだ

キャベツ刻む時
母の手がふと蘇る
煮え立つ鍋のふた開ける時
母の思いがふと立ち上がる
それは日に日に頻度を増し
私の手は
母の手に近づいて行く

サラバ　ソコク　サヨナラ　オカアサン

一九四五年
沖縄本島沖
米艦隊に突撃した
特攻機
学生兵からのモールス信号に
嗚咽《おえつ》する私
戦後七十年

むろん
嗚咽だけでは終われない
詩に刻むのだ

サラバ　ソコク　サヨナラ　オカアサン

言葉は結晶し
今も生きている
七十年後の私が嗚咽したのだから
百年後のだれかも
嗚咽するだろう
魂のこもった言葉は
砕け散ったりしないのだ
サラバ　ソコク　サヨナラ　オカアサン

これは青年そのものだ
初々しい青年の姿だ

サラバ　ソコク　サヨナラ　オカアサン
サラバ　ソコク　サヨナラ　オカアサン
梵鐘《ぼんしょう》のごとく
こだまし
やがて
永遠の祈りとなる

戦後生まれの私たちは

戦後生まれの私たちは
まだ何も知らされておりません
戦争がどういうものであったか
知らないまま生きてきたのです
戦後七十年
微かに見えてきたのは
隠蔽という文字

都合の悪いことを
隠し通さねばならないということは
よくわかりました

過ちが隠蔽から生じ
隠蔽の中で長らえることも

むき出しにされるべきことは
当然のごとく隠蔽され
人はあたかも
美しい生きもののようにして生きている
むき出しにされるべきものを
むき出しにしようとするものは
美しくないものとして
どこかに隠蔽されているのだろう
分厚い壁に向かって
叫び続けているに違いない
隠蔽の上を時が過ぎてゆく

無責任な言葉が大きな顔をして流れてゆく

川底に沈んで動けなくなった真実よ
水面に出てきて
私たちを叱ってはくれまいか
自らを美しいと信じてやまないものたちに
知らしめてほしいのだ

戦争が
人を殺めること以外の
何ものでもないことを

一瞬

交差点のど真ん中
右折しようとした一瞬
私は無性に生きたいと思った
生きてこの世にありたいと思った
突進してくる車の群れは
凶器のごとく
その思いを掠《かす》めながら
猛スピードで去ってゆく
一歩踏みちがえれば木端微塵
とてつもなく脆《もろ》い肉体

日常にさりげなく転がる
生死の境目で一瞬
私は強く断言する
「生きていたい」と
無骨な言葉は体じゅうに広がり
一瞬私を強くする

萌《きざ》す

春雨に生きよ生きよがふっと沸く

Ⅳ章　「書くという喜び」

書くという喜び　――詩について

文を書くということは、心の中に舞い込んできた小さな種を、大切に育てていくことのような気がする。種なくしては何も生まれないのだ。いつも美しく愛らしい花が咲くとは限らないが、まずは育ててみようと思っている。白い紙を鉛筆で耕しながら。それは自分自身の心の中を耕す作業でもある。思いを言葉という形にできたとき、心の中では、次の植え付けの準備がなされているような気がする。

これまでいろいろなものが私の中を通り過ぎて行った。唯一通り過ぎずに残っているもの、それは「詩」なのかもしれない。詩は活字になったものの中だけではなく、この世に満ち満ちているもののような気がする。満ち満ちていながら容易には見えないもの、つかめないもののようだ。

詩のことを思うとき、私は必ず遠い日のある出会いを思い出す。二十代前半の頃、友達と立ち寄った喫茶店で一篇の詩に出会った。それはテーブルの端に置かれた計算書の裏にあり、「レモン」という題の詩だった。高村光太郎の智恵子抄を題材にしたその詩は、光太郎と智恵子の間から詩が湧きいずる様が、驚くほどさらりと綴られていて、読んでいて心地よく、レモンの香気がぱあっと広がってくるようだった。「何ていい詩だろう」、そう思いながら作者を見ると、そこには店主と書かれていた。

そのまま帰宅したものの、詩が好きだった私は居てもたってもいられずに、喫茶店へ電話をし店主にかわってもらうと、「レモン」という詩に感動したこと、他にも書いた詩があるのなら見せてもらいたいことなど率直に伝えた。

店主である老紳士に会えたのは、それから二、三日後だったような気がする。喫茶店の向かいにある小さな画廊の隅に置かれた椅子に腰かけていた。突然現れた初対面の私に、何から話したものかと思いあぐねていたに違いない。まずは自己紹介をと思われたのか、奥から新聞の切り抜きを持ってきて見せてくれた。それは店主が彗星を発見した時の記事だった。天体に疎い私は驚きとともに、新鮮な話をわくわくしながら聴いていた。

亡くなられたお兄さんが詩人であったこと、理想を追い求めるも、自ら命を絶たざるを得なかったこと、そのお兄さんの詩も見せていただいた。終戦の時、奥さんに再会できる喜びで、疲労感などまったくなく、ただただ喜び勇んで帰ってこられたという話も印象に残っている。その奥さんと一緒に楽しんでいるバードウォッチングのことなどなど、不思議と話は尽きなかった。そして最後に、諭すように言われたのだった。

「いい詩が書きたいからと言って詩のことだけ勉強してもだめですよ、いろいろな知識、色々な経験、いろいろな思いが一緒になって、初めて一つの言葉が生まれるのですよ」。

これは、私が心の奥底で大切に育て続けている言葉のひとつだ。時として私を戒めてもくれ、励ましてもくれる。

店主は自分のことを話したあと、私についてまだ何も知らないということを口にし、「書いた詩があるのでしたら、私にも見せてください。」と言った。

詩が好きだというだけで、人に見せられるような詩など持ち合わせていないという現実を突き付けられた一瞬だった。それでも何を思ったのか、帰宅するなり私は、とびとびの日記帳の隅に書かれた、詩と呼べるかどうかさえわからないような文章に題をつけ、清書して持っていったのだ。多分自分をまったく知らない人だったから、恥ずかしげもなくそのような事が出来たのだと思う。店主は、稚拙な文章にもやさしい言葉をかけてくれた。

忘れもしない、私はこの時稚拙な文章以上に、恥ずかしい傲慢な言葉を口にしてしまったのだ。「いい詩ができたからと言って、わざわざ人に見せる必要があるのでしょうか、いい詩ができたらそれだけで満足なのではないですか」。二十歳過ぎの、人に見せられるような詩を持たない未熟者の言葉だった。店主は微笑みながら二、三の言葉を返してくれたのだが、それは私を真からうなずかせるものではなかった。

しかしながらどんなに愚かな問いかけでも、忘れないでおけば、一つの種として育てておけば、いつか答えは返ってくるもの、そうだったのかと思える日がやって来るのだ。

その後私は、あの時の問いをみごとに解いてくれる決定的な文章に出会った。

『詩のすきなコウモリの話』(ランダル・ジャレル作　モーリス・センダック絵　長田弘訳)の中に出てくる一節、「問題は、詩を作ることじゃないんだ。問題は、その詩をちゃんと聴いてくれるだれかをみつける、ということなんだ」。

私は心底うなずいた。二十年以上前の問いかけにそうだったのかとうなずいたのだ。どんないい詩よりも、それをちゃんと聴いてくれる誰かのほうが大切なのだ。それは自分のことを、本当に理解してくれるだれかなのだろう。

単純なことほど、本当にわかるのは難しいもの。複雑なことは、わからないということがはっきりわかるのだが、単純なことは、わかったつもりになりやすいからだ。そして単純なもののなかにこそ、本当に大切なものが隠されているような気がする。

わかっていることはほんのわずか、わからないことがたくさんあり過ぎるから、そのもどかしさに耐えきれず、詩のことを思ってしまうのかもしれない。詩がなんであるかさえわからないまま……。

いつも詩にとらわれながら、一向に詩を書けないでいる今の私、書けないほど、会えないほど、思いは募るばかり。いつの日か、一つの言葉に出会えるのを夢見ている自分がいるのだけは確かだ。それはこちらから貪欲に探し求めるものではなく、ふとした瞬間に、向こうからやってくるもののような気がする。もちろん私は不器用な手で、自分の小さな畑を耕しながら、舞い込んできた小さな種を受け止められるだけの土壌をこしらえておかねばならない。

この文章を書いたのは十年前のこと。

昨年私はある会で、この「レモン」という詩を朗読する機会を得た。長い間押入れの奥にしまわれたままになっていた詩に光が当てられたようでやけに嬉しかった。そのことを、ずっと音信不通になっている店主にも伝えたいと思った。当時店主が口にしていたわずかな手掛かりを頼りに、その息子さんと連絡をとることができた。

残念ながら、店主はすでに遠くへ旅立たれていて、私のもとには一冊の詩集が届いた。

その詩集の一番はじめに、「レモン」という詩はおかれていた。

レモン

智恵子さんが
レモンを好きで
光太郎さんが
それを詩に読んだ

気が狂って
愛に一途になれた智恵子さんを
光太郎さんは
天女のように尊んで
智恵子さんの
好きなように好きなように
日々の生活をいとなんだ

あだたら山の空と
レモンの香気
光太郎さんも
エーテルのようになって
詩が生まれた

店主

あとがき

三十年以上前の、春の雨音に導かれながら詩集を編むことになろうとは、思ってもいませんでした。何とも拙い詩ですが、この詩を読むと今でも私は、あの日の雨音と大地のときめきを感じることができます。文字とは偉大です。三十年以上前の雨音を、自分の中で蘇らせるだけでなく、他のだれかに伝えることもできるのですから。

時々に感じたことを、ささやかな詩にしてきました。そうすることで、前へ進めたような気がいたします。詩に感謝です。今ここに、その詩を解き放ちます。小さな種をまくように。それぞれの詩が、ひとりだけでもいい、だれかの心の中にとまってくれるなら、春の雨とともに芽吹いてくれるなら、この上ない幸せです。

詩集を編むことを促してくださった、コールサック社の鈴木比佐雄さんに感謝申し上げます。編集、そして帯文を書いて下さりありがとうございました。ためらっていた私の背中を押してくれた夫に、装画を引き受けてくれた娘の葉子に感謝です。奥川はるみさん他コールサック社のスタッフの皆様、本当にありがとうございました。

二〇一八年　三月

矢城道子

矢城道子（やしろ　みちこ）略歴

一九六三年　大分県宇佐市院内町に生まれる
祖父母と両親、姉弟の七人家族の中で育つ
一九八三年　活水女子短期大学卒（長崎県）
オランダ坂の上にあった若草寮にて過ごす
一九八八年　結婚後北九州市へ、二児の母となる
一九九三年　夫の転勤により三重県桑名市へ、その後愛知県日進市へ転居
二〇〇四年　「斎藤緑雨没後百年記念アフォリズム」作品、優秀賞受賞
二〇〇六年　ストーリーテリング（昔話など暗記し、身体に染みこませてからの語り）に出会う。「ピピンの会」（名古屋市）にて活動
二〇〇八年　「現代詩手帖」（四川大地震日本からの声）に詩「祈り」が掲載される
翌年中国語に翻訳され中国の雑誌「詩歌月刊」に掲載される

二〇一〇年　転勤により、再び北九州へ
「聴き耳の会」（福岡県春日市）に参加　（ストーリーテリングの会）、この会で出会った友と「らんぱんぱん」（北九州市）を結成
「前田どんぐりの会」、「おはなしたまてばこ」に所属し活動
小学校や福祉施設におはなしを届ける
二〇一三年　詩誌「コールサック」（石炭袋）に出会い、詩やエッセイの投稿を始める
二〇一五年　エッセイ集『春に生まれたような』（コールサック社）刊行
二〇一六年　ふるさとの文化総合誌「宇佐文学」に出会い、投稿を始める
二〇一八年　詩集『春の雨音』（コールサック社）刊行に至る

現住所
〒八〇八－〇一四三　福岡県北九州市若松区青葉台西五－二二－七

石炭袋

矢城道子詩集『春の雨音』

2018年4月18日初版発行
著者　　　　　矢城道子
編集・発行人　鈴木比佐雄

発行所　株式会社 コールサック社
〒173-0004　東京都板橋区板橋 2-63-4-209
電話 03-5944-3258　FAX 03-5944-3238
suzuki@coal-sack.com　http://www.coal-sack.com
郵便振替　00180-4-741802
印刷管理　（株）コールサック社　製作部

＊装画　矢城葉子　　＊装幀　奥川はるみ

落丁本・乱丁本はお取り替えいたします。
ISBN978-4-86435-338-0　C1092　￥1500E